Anna Ludwig

12 Frauenschicksale.

story.one – Life is a story

story.one

FSC
www.fsc.org
MIX
Papier aus verantwortungsvollen Quellen
Paper from responsible sources
FSC® C105338

1st edition 2024

Production, design and conception:
story.one publishing - www.story.one
A brand of Storylution GmbH

Font set from Minion Pro, Lato and Merriweather.

ISBN: 978-3-7115-0643-6

Widmung

Für 12 wunderbare Frauen, deren außergewöhnliche, persönliche Schicksale mich im Tiefsten meines Herzens für immer berührt haben.

INHALT

Die mutige Frau, die phantastisch jede Herausforderung meistert.

1. Die mutige Frau.

Die 91-jährige Flüchtlingsfrau kommt nach Deutschland, in der Hoffnung seelischen Frieden und ein Dach über dem Kopf zu finden. Bei der Ankunft am polnischen Busbahnhof wird sie von einem deutschen Ehepaar abgeholt, das die Dame bei sich temporär aufnimmt. Der Begriff „Dame“ trifft nicht zu. Der erste Blick erzeugt einen kalten Schauder. Aus dem Bus steigt eine übergewichtige, ungepflegte, nach Schweiß riechende Frau mit langem dünnem zerzaustem grauem Haar. Ihr linkes Auge ist voller Blut angelaufen. Sie kommt die Bustreppe schlecht runter, bewegt kaum ihre Beine. Nach dem ersten Schockmoment folgt der nächste. Sie sieht das Namensschild mit ihren Vor- und Nachnamens und fällt unangekündigt in die Umarmung der wartenden Frau. Als Nächstes folgt ein unaufgeforderter Mundkuss, der nach den faulen Zähnen riecht und genauso schmeckt. In diesem Moment ist die deutsche Frau sprachlos. Sie begreift, was sie getan hat und wie viel sie ihrer Familie damit zumutet. Sie hätte es bei Geldspenden belassen sollen.

Ihr Mann liest ihre Gedanken und tröstet sie mit einer leichten Schulterberührung. Er fragt, wo der Koffer ist. Die alte Frau hält in der Hand eine kleine Kosmetiktasche mit bunten Blumen darauf. Er zeigt auf einen fremden Koffer und schaut sie fragend an. Sie versteht kein Wort Deutsch, aber begreift, was er meint. Sie öffnet die Hände und sagt „Ce vse". Die Busbegleiterin dolmetscht spontan: „Das ist alles". Schweigend nehmen die Ehepartner die alte Frau unter die Arme. Sie schafft es nicht alleine ins Auto einzusteigen. Ihre Füße müssen wie zwei separat lebenden Körperteile hineingestellt werden. „Djakuju", sagt sie plötzlich. Das muss wohl „Danke" heißen. Tausend Gedanken schießen der deutschen Frau durch den Kopf. Wie schafft sie neben der Vollzeit, diese alte Frau zu pflegen, die so unselbständig ist. Sie fragt sich, wenn sie mit der Pflege fertig ist, wird zunächst ihre Schwiegermutter und dann ihre eigene Mutter alt und pflegebedürftig. Willkommen in der Realität! Die ganze Vorfreude und das gute Gefühl vom „Helfen wollen" ist verschwunden. Die Angst und seltsame Kraftlosigkeit überrollt sie. Nach 50 km unterbricht ihr Mann das Schweigen im Auto und ihren immer depressiver werdenden Gedankengang mit der Feststellung: Die Frau muss wohl Hunger haben. Er sagte gelassen wie immer: „Lass uns vor der Grenze doch anhalten, etwas essen und übernachten". Er hat diese unglaubliche Fähigkeit, in die anderen Menschen hereinzublicken und ihre Bedürfnisse zu lesen. Auch in der Stresssituation geht ihm dieses Geschick nicht abhanden. Dafür bewundert sie ihn insgeheim so sehr. Seine Frau nickt zustimmend. Das deftige polnische Abendessen schmeckt der alten Frau sichtlich. Die Suppe mit Fettaugen scheint ihren Geschmack getroffen haben, die sie über beiden Wangen rein löffelt. Ihre Gesichtszüge haben sich mittlerweile entspannt, dafür die Falten ihr gegenübersitzenden Frau vertieft.

Die stolze Frau, die stillvoll ihre Fassade aufrechterhält.

2. Die stolze Frau.

Eine belesene, studierte Wirtschaftswissenschaftlerin heiratete den attraktiven Professor. Sie machte eine steile Karriere in einem international tätigen Maschinenbauunternehmen. Jeden Tag ging sie mit dem erhobenen Haupt zur Arbeit, zügig, aber ohne Hetzen. Die mit sich selbst zufriedene Frau trug die besten Seidenkleider und erfrischte Ihre Frisur alle acht Wochen. Ihre Kleidergröße war stets die gleiche, denn sie machte jedes Frühjahr und jeden Herbst eine Diätphase: Gemüse und Hühnchen, kein Brot, keine Nudeln, keine Süßigkeiten. Diese Strategie funktionierte stets, außer dreimal im Leben, als sie schwanger war. Beim ersten Mal war sie blutjung. Der Professor und sie lebten im Haus auf dem Hof ihrer Schwiegereltern. Die Schwiegermutter hielt sie für keine passende Partie für ihren wunderbaren klugen Sohn. Als sie im 7. Monat schwanger war, schickte die Schwiegermutter sie in den unterirdischen Keller mit einer steilen Treppe, um die eingelegten Gurken zu holen. Im Keller war sehr dunkel. Die hochschwangere Frau verpasste versehentlich eine Stufe und stürzte den Keller runter. In dieser Nacht verlor sie ihren ersten Sohn. Bei der zweiten Schwangerschaft lebte sie mit ihrem Mann bereits in einem Blockhaus. Sie gebar einen gesunden Jungen. Er war ein fröhliches Kind, aber sie mochte ihn einfach nicht. Sie hoffte, er wäre der perfekte Ersatz für den ersten, aber die Liebe kam nicht auf. Die Mutter war sehr streng und grob zum Kind, aber das Kind liebte sie über alles. Sie sagte ihm unter vier Augen die furchtbarsten Dinge, wenn er dies oder das nicht täte, wird sie ihn so blau schlagen, dass er mit Blut pinkeln muss. Der Sohn gehorchte, war einer der besten Schüler und später einer der besten Studenten. Vielleicht lag dieser Hass daran, dass der Sprössling seinem Vater wie vom Gesicht geschnitzt war. Das dritte Mal war sie nur ungewollt schwanger. Zunächst wollte sie abtreiben, lies aber dann das Kind doch kommen. Der gesunde Sohn hat sich als ihre eigene Kopie entpuppt, sie sah in ihm ihre eigenen Gesichts- und Charakterzüge. Sie liebte ihn von der ersten Minute nach der Entbindung. Ihr Mann rückte auf den zweiten Platz. Trotzdem hielt sie sich in Form, um die Konkurrenz durch die jungen Studentinnen, die um ihren junggebliebenen Professor kreisten, machen zu können.

Mit dem beruflichen Wachstum kam auch der Wohlstand. Die Familie hat sich ein Ferienhaus mit einem riesigen Gemüse- und Obstgarten zugelegt. Zunächst nutzte sie die Villa nur am Wochenende, später auch in den Ferien. Die frische Luft, das Gemüse vom Beet, das Baden im Fluss haben ihr gutgetan. Sie kam gerne dorthin. Die wunderbaren Besuche hatten ein Ende als sie spontan an einem Wochentag dorthin fuhr, um sich vom Arbeitsstress zu erholen. Als sie den Schlüssel in das Schlüsselloch steckte, hörte sie ungewohnte Geräusche. Zunächst dachte sie an die Einbrecher, stattdessen erwischte sie ihren Mann mit einer jungen Studentin „inflagranti" in ihrem eigenen Schlafzimmer, das sie so liebevoll angerichtet hatte. Nachdem sie die Studentin in ihren „Evakostüm" auf die Straße an den Haaren gezogen hatte, bestand sie auf seiner Versetzung. Kein halbes Jahr später verließ zerrüttete Familie die Metropole und tauschte gegen eine Provinz. Der Plan der betrogenen Ehefrau war, die „Midlife"-Krise ihres Mannes zu überstehen und bei der erstbesten Gelegenheit zurückzugehen.

Die verträumte Frau, die bedingungslos ihren Traummann liebt.

3. Die verträumte Frau.

Die Schnulzen hat sie als ein junges Mädchen gemocht, deshalb machte sie die Ausbildung in der Filmbranche. Auf den Filmfestivals traf sie die Schauspieler. Anschließend bewertete sie als Spezialistin die Filme, die in den Fernsehsender ausgestrahlt werden dürfen. Als ein typisch deutsches Mädchen mit langen blonden Haaren und blauen Augen fiel sie bei den Abendveranstaltungen nicht auf. Ihre Kleidung war dezent. Meistens hatte sie eine blaue Jeans und einen weißen Oberteil mit Wasserfallausschnitt an, um ihren kleinen Busen optisch zu vergrößern. Der Gürtel setzte ihre schmale Taille gekonnt in die Szene. Nachdem sie von den Schauspielerinnen hörte, dass vor der Kamera alle ein paar Kilo schwerer aussehen, war sie noch dünner als zuvor. Seit ihrer Jugend war die schmale Blondine in einen Mann aus ihrer Nachbarschaft verknallt. Nachts lag sie stundenlang wach und malte sich aus, wie glücklich sie an seiner Seite wäre. Dann kam der Tag ihrer Träume. Der Nachbar nahm sie wahr. Sie küsste ihn sofort und er antwortete. Zunächst sprachen sie nicht viel miteinander und schlugen die Stunden im Bett. Endlich fühlte sie sich begehrt, wie eine der Hauptdarstellerin in den Filmen, die sie für die Zuschauer aussuchte. Es dauerte kein Jahr und er fing an, sich zu langweilen. Seine intimen Wünsche sind immer ausgefallener geworden. Sie hatte das Gefühl, das sie allein ihm nicht mehr reichte. Schließlich fing er an, offen Affären zu haben. Sie wusste davon und tolerierte sie. Zum Glück gingen diese Kurzgeschichten zu Ende genauso rasch, wie sie begonnen hatten. Er kehrt immer zu ihr zurück. Während diesen, für sie schwierigen, Phasen konzentrierte sie sich auf ihre eigene Arbeit und die Verschönerung des Gartens im gemeinsamen Mietshaus. Ihr selbstbestimmter Partner wollte keine Kinder, sie folgte seinem Wunsch, denn sie wollte ihn nur für sich allein haben. Nach 12 gemeinsamen Jahren geschah etwas Unerwartetes. Aus einer seinen Affären mit einer geschiedenen Mutter zweier Teenager wurde eine echte Beziehung. Neugierig bat sie ihn, ihrer neuen Rivalin vorzustellen. Als sie seine neue Freundin kennenlernte, versucht sie die neue Partnerin an der Seite ihres Liebsten zu hassen, konnte aber nicht. Auf seiner runden Geburtstagsfeier kündigte er an, dass er bald heiratet. Diese Nachricht verpasste seiner alten Liebe einen Messerstich, aber sie stand neben ihm und war froh, ein fester Bestandteil seines veränderten Lebens zu sein. Nach der überstandenen Hochzeit war sie einmal pro Monat bei frisch Vermählten zu Besuch eingeladen. Diesen Termin verpasste sie nie. Das war ihre einzige Gelegenheit seine Begrüßungs- und Abschiedsumarmung wieder zu spüren. Dann rief er sie an, ihr Herz machte einen Sprung. Aufgeregt erzählte er, dass er Vater wird. Diese Nachricht was schockierend, nicht weil er nie Kinder wollte, sondern weil sie verstand, dass ab sofort ihre Besuche aufhören werden. Sie log am Telefon, dass sie beide viele gemeinsame Themen bald haben werden, weil sie ebenfalls schwanger sei. An diesem und weiteren Abenden verbrachte sie die Nächte mit diversen Kerlen aus ihrem Bekanntenkreis: einem anhänglichen Kollegen, einem lustigen Bäcker von der Ecke, einem gutgebauten Polizisten und einem Kumpel ihres Bruders. Ihr Plan ist aufgegangen. Sie ist endlich schwanger geworden. Wer genau der Vater war, spielte keine Rolle. In Ihren Gedanken sah sie sich auf dem Siegertreppchen ganz oben, denn ihr Traum ging weiter.

Die höfische Frau, die stark nur ein Ziel verfolgt.

4. Die höfische Frau.

Ein mittleres Kind zu sein ist nie leicht, insbesondere wenn man vier andere Geschwister hat. Dazu einen altmodischen Namen zu tragen macht das Leben nicht leichter. Ihre Lieblingsbeschäftigung war, nachmittags heimlich zur nah liegenden Gießerei zu flitzen und den fremden intensiven Geruch tief einzuatmen sowie die Feuerzungen aus der Ferne zu beobachten. Als sie eingeschult wurde, verstarb ihr jüngerer Bruder an Lungenentzündung. Als ihre älteste Schwester heiratete und auszog, war sie eine fleißige Schülerin. Nach der Hochzeit der zweitältesten Schwester machte sie Abitur. Auf einer Infoveranstaltung für das Studium traf sie einen jungen Mann, in den sie sich über beide Ohren verliebte. Ihr Wunsch was, das Ingenieurwesen zu studieren. Leider ist der Anwärter auf ihre Hand bei der Vorstellung im Elternhaus durchgefallen. Damit war das Studium ebenfalls begraben. Das Wort ihres Vaters war in der Familie heilig und sie hatte damals nicht genug Mut zur Widerrede. Als sie die Ausbildung als Zeichnerin begann, verstarb ihr Vater.

Die Mutter konnte sich nicht mehr um die jüngste Schwester kümmern und gab sie als Ziehtochter zur eigenen ältesten Tochter. Nachdem die Zeichnerin die Festanstellung bekommen hatte, wollte sie die jüngste Schwester zu sich holen. Diese wünschte aber keinen Kontakt. Die Wahl ihres Gemahls traf die Zeichnerin selbst. Da ihre Jugendliebe bereits vergeben war, heiratete sie den Bauer, bei den sie samstags ihre Frühstückseier kaufte. Als Teil der Großfamilie musste sie alles stets mit den anderen teilen. Ein Hof zu besitzen war ihr Traum. Die Schwiegermutter in Spe gab ihr zu verstehen, sie sei ein „Habenichts“. Der Hofbesitzer heiratete sie trotzdem. Sie gebar ihm einen Sohn. Als ihr Sohn eingeschult wurde, bekam sie einen zweiten Jungen. Ab sofort hatte ihr Wort mehr Gewicht im Haus. Ihre Festanstellung hat sie aufgegeben und verdiente hin und wieder mit ein paar Zeichnungen auf Bestellung. Jene schicksalhafte Nacht war voll mit solchen Aufträgen. Sie stillte ihr Baby, legte ihn in die Wiege und setzte sich an die Zeichnungen. Die erschöpfte Mutter legte ihren müden Kopf unter die Tischlampe auf den Tisch und schloss die Augen. Durch die Schreie ihrer Schwiegermutter wurde sie aus ihrem unbequemen Tiefschlaf gerissen. Die alte Frau stand am Kinderbettchen und rief „Mörderin“. Darauf stürmte ihr Mann in zerknittertem Schlafanzug ins Arbeitszimmer auf dem Dach und blickte in das blaue Gesicht ihres kleinen Sohnes, der in seinem Erbrochenem lag. Er ging wortlos auf die schockierte Ehefrau zu, die an ihren Bürostuhl wie festklebte, und stieß sie so stark, dass sie zu Boden fiel. Danach kam die Polizei und musste sie auf Mordverdacht mitnehmen. Die Autopsie ergab plötzliches Kindestod. Der Albtraum war dennoch nicht vorbei. Der Mann und die Schwiegermutter hörten nicht auf, die Unschuldige zu beschuldigen. Der Ehemann fing an zu trinken und wurde handgreiflich. Sie nahm es hin wie eine Büße. Als seine Wut nicht nur ihr, sondern ihrem ersten Sohn galt, packte sie heimlich und verschwand eines Nachts mit dem Sohn. Das Kind brachte sie für ein halbes Jahr bei ihrer älteren Schwester unter und selbst fand eine Festanstellung in einem anderen Ort. Sie fing ein neues Lebenskapitel mit einem sauberen Blatt an. Ein netter Kollege mit einem Hof warf ein Auge auf sie. Er wurde ihr zweiter Mann. Sie holte ihren Sohn zu sich und gebar einen weiteren gesunden Jungen. Er wurde Ingenieur und hatte einen Hof.

Die spirituelle Frau, die sensationell ihr Leben ändert.

5. Die spirituelle Frau.

Die Yogastudio-Besitzerin blickt mit Zufriedenheit auf ihre Leistung zurück. Mit ihren Geistesblitzen hat sie geschafft, ihr Leben zu gestalten und alle negativen Schwingungen mit den Duftkerzen auszuräuchern. Als Tochter hatte sie nicht leicht. Bei jeder Gelegenheit hat ihr Vater zu verstehen gegeben, dass sie ein dritter Junge werden sollte. Obwohl sie die Welt für ungerecht hielt und keine Kinder in solche setzten wollte, machte sie die Ausbildung als Erzieherin. Eines Tages saß sie zwischen den kleinen „Schnupfnasen", als sie plötzlich beschloss, ihr Leben zu ändern. Sie sparte das Geld an und machte die Ausbildung zur Fremdsprachenassistentin. In einer Bank bekam sie die Festanstellung. Bei ihren Besprechungen genoss die frisch gebackene Dolmetscherin die lüsternen Blicke reicher Privatbankiers. Aus Spaß probierte sie einen Millionär zu angeln. Dafür las sie ein Buch über die Verführungskünste und übte zu Hause vor dem Spiegel. Ihre Stimme wurde sanfter und die Hüftbewegungen beim Gehen kreisender. Schließlich fing sie eine Affäre mit einem Millionär an. Nach zwei Kreuzfahrten hatte sie als sein Schmuckstück die Nase voll und beendete die Liaison. Die Arbeitsumgebung mit lästigen Männern wurde anstrengender und der innere Stress kam auf. In ihrer Freizeit fing sie an, Yogakurse zu besuchen. Das verschaffte ihr die notwendige Entspannung. Sie sehnte sich nach Ruhe. Eines Abends lag sie auf der Yogamatte und beschloss, ihr Hobby zum Beruf zu machen. In dieser Zeit lernte sie ihren zukünftigen Ehemann kennen. Er war ein stiller Typ. Sie fand ihren sicheren Hafen in seinen Armen. Nach der Hochzeit bekräftigte er ihren Wunsch ein eigenes Yoga-Studio zu eröffnen und bat ihr die finanzielle Unterstützung an. Ihr Studio hat sie liebevoll und stilvoll eingerichtet. Sie traf den Nerv der Zeit und gewann innerhalb der kurzen Zeit einen festen Kundenstamm. So vergingen 10 Jahre wie im Nu. Eines Spätabends kam sie ausgelaugt nach Hause und sah ihren mittlerweile nicht mehr so attraktiven Mann auf der Couch in seiner Lieblingsjogginghose. Er fragte sie, was es heute zum Abendessen gibt. Ihre Katzen liefen auf sie zu und miauten nach dem Fressen. Sie hat begriffen: Erstens, dass sie die Ruhe lediglich den anderen Menschen schenkt und selbst kurz vor dem Burnout steht und zweitens, ihren Partner nicht mehr liebt. An diesem Abend trennte sie sich von ihrem Ehemann, indem sie ihm ihre fehlenden Gefühle eiskalt zum Abendbrot servierte. Er packte seine sauberen Sachen und ging wortlos. Sie atmete auf, trank ihren Yogi-Tee und schrieb die ganze Nacht eine Liste auf. Diese beinhaltete zwei Spalten: Diese Eigenschaften will ich an meinem neuen Mann haben und diese auf gar keinen Fall. Als sie anschließend die Liste überflog, war sie selbst überrascht, dass an der ersten Stelle guter Sex stand. Sie fiel müde ins Bett. Am nächsten Morgen machte sie eine Sucheingabe im Internet, die „Partnersuche" lautetet. Auf einer bezahlten Plattform nutzte sie die 14 kostenlose Tage aus und wählte 3 Kandidaten, die auf ihre Anforderungsliste perfekt passten. Der erste war ein muskulös aussehender Sportler. Mit dem fing sie an. Aufgeregt schickte sie ihm eine Nachricht und bekam seine Telefonnummer. Seine tiefe angenehme Stimme erklang und nach ein paar Tagen führte er sie zu einem Date aus. Sie holte ihre besten einstudierten Verführungsmanöver raus. Den Punkt Eins aus ihrer Wunschliste hat sie beim zweiten Date mit ihm erfüllt.

Die hausfrauliche Frau, die genüsslich den Haushalt macht.

6. Die hausfrauliche Frau.

Ihr größter und sehnlichster Wunsch ist eine Hausfrau und Mutter zu sein. Manchmal denkt sie, dass sie in einem falschen Jahrhundert geboren ist. Als junges Mädchen hielt sie sich für hässlich, dazu als Tochter eines Metzgers für dumm. Die Pickel übersäten ihr Gesicht und teilweise die schmale Schulter und den dürren Rücken. Sie tanzte Ballett, mochte aber keine Auftritte. Als sie mittlere Reife machte, hatte sie ein paar Kilo mehr auf der Hüfte. Eines Tages kam in den Laden ihrer Eltern ein zwei Meter großer Mann und Sprache sie an. Ihr kam ihr vor, als ob der Riese einen Heiligenschein um den Kopf trug. Gedanklich heiratete sie ihn bereits und bekam drei entzückende Kinder. Die Beziehung fing an, aber mit dem Kinderwunsch wollte er noch warten. Im Vordergrund stellte er vielmehr den wöchentlichen „SET" – Sex, Essen, Theater. Sie war einverstanden. Letztendlich heiratete er sie und zog ins Haus ihrer Eltern. Von Natur aus war er faul und schimpfte gern. Sie war schon immer etwas langsam, weil sie glücklich war und weil sie grundsätzlich keine Hektik mochte. Mit 43 hat sie endlich auf einem Kind bestanden. Das Wunschkind kam. Sie war überglücklich und lebte ihren Traum. Ihr Mann dagegen wurde immer zurückgezogener. Stundenlang saß der Riese im Arbeitszimmer des Kellers und grübelte über seine mittelprächtige Selbständigkeit nach. Als das Kind eingeschult wurde, beschloss ihr Ehemann seinen Arbeitsweg zu ändern. Für einen Lehrgang flog er für 2 Wochen ins Ausland und kam als ein anderer Mensch zurück, noch mehr emotional unerreichbar für seine Ehefrau als zuvor. Sie schob es auf seinen Arbeitswechsel. Eines Tages ging sie runter, um im Keller zu putzen. Ihr Mann war nicht zu Hause. Der Schlüssel von seinem Arbeitszimmer steckte im Schlossloch, den er vergessen hatte mitzunehmen. Sie öffnete vorsichtig die Tür und blickte zum Chaos auf dem Tisch. Als ihr Blick durch die Unordnung wanderte, blieben ihre Augen auf einem, mit fettem rotem Marker geschriebenen, Zettel an seiner Pinnwand stehen. Ihre Pupillen erweiterten sich bis zum Maximum. Dort standen 3 kurze Sätze: 1. Meine Frau verlassen. 2. Ein gemeinsames Büro mit meiner neuen Liebe öffnen. 3. In Paris essen gehen. Ihr Atem stockte. Sie sperrte die Tür zu und ging hinauf. Sie tat nichts und hoffte, dass seine Affäre bald vorbeigeht. Kein halbes Jahr später verließ er seine Frau und sein Kind und zog zu seiner neuen Freundin. Er erfüllte sich den Wunsch Nummer eins und drei. Das NLP-Büro öffnete er nicht. Stattdessen hütete er die beiden Kinder seiner neuen Liebe, solange sie im Außendienst tätig war. Seine verlassene Frau hat einen Halbtagsjob im kleinen Büro angenommen. Ihre Eltern unterstützen sie gelegentlich finanziell. Die Arbeit errichtet sie völlig leidenschaftslos, stattdessen sucht sie die Anerkennung in Gelegenheitssex auf einer Plattform im Internet. Während ihr Kind in der Schule oder beim „Papa-Wochenende" ist, trifft sie sich mit verschiedensten, mindestens 15 Jahre jüngeren, Kerlen und hat ihren Spaß. In diesen kurz dauernden Momenten fühlt sich die betrogene Frau begehrt und attraktiv. Mittlerweile ist sie über „one night stand" hinausgewachsen und hat wiederkehrende Dates mit den gleichen Bekanntschaften. In einen von ihnen ist sie heimlich verliebt. Er besucht sie dreimal pro Woche. Aber seine Frau erwartet bald ein Kind und er sagt offen, sobald er Vater wird, ist für ihn mit dem „Unsinn" Schluss.

Die kämpfende Frau, die grenzenlose Suche startet.

7. Die kämpfende Frau.

Als ethnische Deutsche ist sie mit 18 Jahren nach Deutschland gezogen. Sie war ihrer neuen Zukunft offen und träumte davon, unabhängig zu sein. Zielstrebig machte sie die Ausbildung und bekam einen unbefristeten Arbeitsplatz mit einem festen Gehalt. Mit 22 war sie immer noch Jungfrau, weil sie sehr streng erzogen wurde. Als sie ihren zukünftigen Mann kennenlernte, musste sie sich selbst überwinden, um sich mit ihm auf die intime Beziehung einzulassen. Stets im Dunklen funktionierte der Geschlechtsverkehr, aber richtig Spaß hatte sie nie dabei. Sie wurde schnell schwanger und ihr Mann fing an, ein Landhaus für sie zu bauen. Als ihr Kind eingeschult wurde, fing sie die Affäre mit ihrem Vorgesetzten an, denn sie himmelte ihn an. In ihren Augen war er wesentlich intellektueller, angesehener und klüger als ihr Mann und sie selbst. Als seine direkte Untergebene schaute sie auf ihn hinauf und konnte es nicht fassen, dass er ausgerechnet mit ihr die Liebesbeziehung anfing. Über die Jahre hat sie alles von ihm gelernt und machte sich in der

Abteilung unersetzlich. Im Büro wusste niemand über ihre Affäre. Ihr Vorgesetzter war der Grund, warum sie ihren Mann verlassen hat. Er selbst wiederum verliest seine Frau für sie nicht sofort, sondern hielt sie viele Jahre hin. Mit ihrem Sohn verstand der Liebhaber sich richtig gut, so wie mit seinen eigenen drei Kindern, und spielte oft mit ihm Fußball oder unterhielt sich lange über die Welt. Ihr Sohn war ihr ganzer Stolz! Der Einser-Schüler stach in der Hochbegabtenklasse eines renommierten Gymnasiums aus. Nach dem Grundstudium der Universität beschloss er eine Pause zu nehmen und eine halbjährige Rucksack-Reise nach Asien zu unternehmen. Während der Abwesenheit ihres Sohnes ist ihre Affäre zu einer echten Beziehung geworden. Ihr Begehrte zog endlich zu ihr. Sie war so glücklich wie nie zuvor. Dann ging etwas in ihrem Lebensszenario schief. Zuerst verstarb ihre Mutter, ihre Schwester zog ins Ausland, dann kam ihr Sohn mit einer seltenen unheilbaren Krankheit zurück und wurde zum Pflegefall, anschließend verließ ihr Lebenspartner sie und zog zurück zu seiner Ex-Frau. Um mit diesen Veränderungen klarzukommen, fing sie an gelegentlich zu trinken und aß nichts. Die Alkoholphasen wechselten mit den Entgiftungsphasen ab, wo sie irgendwelche Globuli und Schüßlersalze zu sich nahm und mit energetischem Wasser runter-spülte. Dann ging die Wein-Schnaps-Phase wieder los. Trotz alldem, raffte sie sich jeden Spätmorgen auf und ging zur Arbeit. In besonders schweren Phasen ließ sie sich krankschreiben und schlief den Rausch zu Hause aus. In der Öffentlichkeit tat sie so, als sei sie eine lebensfrohe vitale Frau, aber dann kam sie täglich nach Hause, wo ihr erwachsener Sohn hilflos im Bett lag und sie war innerlich durch die Schicksalsschläge zerstört. Sie kämpfte für ihren Sohn, brachte ihn zu unzähligen Ärzten und schrieb in die Zeitung, um die Aufmerksamkeit für seine unheilbare Krankheit zu erregen und Mittel für die Forschung zu sammeln. Diese übermenschlichen kräftezehrenden Anstrengungen brachten leider kein Ergebnis. Auf Rat ihrer Krankenkasse, fing sie die Psychotherapie an, um mit der schwierigen Situation klarzukommen und fand dabei heraus, dass die klassische Musik beim Autofahren und Haus putzen sowie die Tanzabende mit ihrer Freundin ihr mental helfen. Sie gab nicht auf und erweiterte ihre Heilmittelsuche ins Ausland.

Die unscheinbare Frau, die beeindruckend Ihre Sehnsüchte entfesselt.

8. Die unscheinbare Frau.

Bereits mit 19 heiratete sie ihre Schulliebe. Ihr Mann war der perfekte Zuhörer, nicht besonders hübsch, aber sehr verständnisvoll. Nach seiner Ausbildung übte er einen geregelten Arbeiterberuf aus. Sie studierte und arbeitete in einem Großunternehmen. Vom Erscheinungsbild war sie unscheinbar und trug oft Grau. Sich selbst hielt sie nicht für attraktiv, aber sehr gut bei ihrem Mann aufgehoben. Seitdem sie den Sohn gebar, war sie die Chefin zu Hause. Wenn sie redete, hörten ihre beiden Männer zu. Sie stand im Zentrum des kleinen Familienuniversums. Nachdem der Sohn Abitur machte und zum Studium wegzog, fing sie an, sich zu langweilen. Ihre Arbeit, ihr Leben, sogar ihr liebender Mann langweilten sie. Überraschend bekam sie ein neues Büroprojekt und hat sich diesem völlig hingegeben. Das Beste an dieser neuen Tätigkeit war nicht das Thema, sondern der neue Vorgesetzte. Sie verliebte sich über die beiden Ohren in diesen entscheidungsfreudigen, aber sehr herrischen Mann. In ihm sah sie etwas, was ihr selbst fehlte, die eiserne Entschlossenheit und starke Präsenz. Deshalb fühlte sie sich zu ihm mental und physisch hingezogen. Ihr Projektleiter war an einer anderen Kollegin interessiert, aber als die Andere ablehnte, fiel sie ihm plötzlich auf. Dafür unternahm sie alles Mögliche – neue Frisur, neue Haarfarbe, enge Jeans, Push-up-BH BH. Für ihr Objekt der Begierde machte sie alles. Seine beruflichen Entscheidungen stellte sie nie infrage, egal wie fragwürdig diese waren. Dabei ging es ihm ausschließlich um sein eigenes Karrierewachstum und persönlichen Spaß. Das verstand sie nicht. Wie eine blinde fleißige Biene arbeitete sie sich „tot" und genoss die Abendveranstaltungen außerhalb der Arbeitszeiten, so wie die gemeinsamen Geschäftsessen und Dienstreisen. Die wenigen gemeinsamen intimen Momente, wie seinen Waschbrettbauch zu streicheln, waren faszinierend. Vor allem der Gedanke, dass gutaussehende und erfolgreiche Männer früher sie nur vom Magazincover auf ihrem Nachttischschrank anlächelten und jetzt einer davon in ihren Armen liegt, machten sie euphorisch. Das heimliche Glück ging ein halbes Jahr lang. Das Projekt neigte sich zum Ende. Als ihr Chef in einer Bereichsbesprechung abrupt mitteilte, dass er eine Beförderung ins Ausland erhielt und seiner neuen Herausforderung in 2 Wochen nachgeht, traf diese Nachricht sie wie ein Blitz. Ihre Tränen konnte die verletzte Frau nicht aufhalten. Das öffentliche Weinen hat seltsame Blicke auf sie gezogen, aber das spielte für sie keine Rolle. Am nächsten Tag meldete sie sich krank. Am Wochenende verstarb ihre Mutter an Krebs. Die Metastasen wurden zu spät entdeckt. Der verständnisvolle Ehemann stand ihr in dieser schweren Zeit bei. Er kümmerte sich liebevoll um sie. Nicht all ihre Tränen galten ausschließlich der gegangenen Mutter. Als sie ins Büro zurückkam, war ihre Ex-Flamme nicht mehr da. Der Alltag kehrte ein und sie fühlte sich wieder wie eine graue Maus. Manchmal saß sie an ihrem Schreibtisch und meinte, sie hat sich das alles nur eingebildet. Hin und wieder hörte sie über die beruflichen Fortschritte ihres ehemaligen Liebhabers, aber erhielt nie eine Nachricht von ihm selbst. Nach zwei Jahren erfuhr sie, dass er von seiner Frau verlassen wurde. Eine andere Kollegin hat sich bei seiner Frau gemeldet und ihn für sich beansprucht. Seitdem zahlt er die Alimente für seine zwei Schulkinder und bekommt nachts häufige Asthmaanfälle.

Die prätentiöse Frau, die unausweichlich ihren Ansprüchen folgt.

9. Die anspruchsvolle Frau.

Das Motto ist stets im Bleistiftrock und voller Elan. Der Look ist komplett, wenn die Haare tief schwarz gefärbt, leicht gewellt zu den Spitzen, sind, die Lippen mit dem Beeren-farbiger Lippenstift umrandet und die Wimpern mit einer Wimperntusche geschminkt. In diesem Outfit betritt sie täglich die Agentur, wo sie tätig ist, und geht samstags zum brunchen in die angesagten Cafés der Großstadt. Einmal im Jahr fährt sie in die Cot de Azur zum „Sehen und gesehen werden“ und frischt ihren Look auf. Ihr Vater war ein französischer Händler. Er brachte ihr den Genuss von exquisiten Speisen bei. Sein Leibgericht, gestopfte Leberpastete, ist zu ihrem Lieblingsessen geworden. Ihre Mutter war Österreicherin. Sie brachte ihr bei, wie wichtig die ordentliche fesche Kleidung ist. Bereits als junges Mädchen betonte die Mutter: „Trage die Unterwäsche passend! Wenn Du auf der Straße umfällst, will ich mich für Dich nicht schämen müssen.“ Nach dem Mädcheninternat studierte sie an einer privaten Universität. Direkt nach dem Studium heiratete sie überraschend aus Trotz eines Werksmitarbeiters und gebar kurz darauf den gemeinsamen Sohn. Sie weiß selbst nicht genau, weshalb die Verärgerung ihrer Mutter ihr damals wichtiger als die Wahl eines reichen gebildeten Mannes war. Nach der Einschulung ihres Sohnes, konnte sie es nicht mehr ertragen, wie ihr Mann zu Hause ohne jegliche Tischmanieren aß und die wöchentlichen Theaterbesuche verweigerte. Dank einem älteren verheirateten Gönner aus ihrer Agentur ist sie erfolgreich geworden. Das monatliche einstündige „Opfer“ sicherte ihre hohe Einstufung. Sie empfand es nicht als unangenehm fremdzugehen, sondern als etwas, was getan werden musste, wenn man etwas erreichen möchte. Zu ihrer eigenen Überraschung verließ ihr Mann sie überstürzt und zog zu einer flippen lebensfrohen Kassiererin. Die neue Partnerin liebte ihn so, wie er war und gab ihm die Sicherheit, nie wieder ins Theater gehen zu müssen. Die Tatsache, verlassen zu werden, verletzte ihre Gefühle nicht, dafür ihren Stolz. Übereifrig stürzte sie sich in die wöchentlichen Dates und gewann jeden Mann auf ihrem Weg, sei es ein Freund von Ihrem inzwischen volljährigen Sohn oder der Nachbar, der Vater von einem Neugeborenen. Berechnend setzte sie ihre Weiblichkeit, eingepackt in die französische Spitze. Plötzlich starb ihre Mutter und ihr Vater erkrankte schwer. Beides warf sie aus dem gewohnten Bann. Dazu zog ihr lieber Sohn zum Studium in eine andere Stadt und war in der Freizeit mit seiner Freundin beschäftigt. Eines Tages brach sie ohne Grund in der Agentur zusammen. Als sie auf dem Boden lag, rief sie die Worte ihrer Mutter ins Gedächtnis und atmete erleichtert, weil sie passende Unterwäsche trug. Kurz darauf wurde sie aus einem unerklärlichen Grund auf einem Ohr taub und hörte auf dem anderen Ohr eingeschränkt. Für eine Behandlung ging sie in ein Schweigekloster und hatte die Gelegenheit, über mehrere Wochen in Ruhe über ihr Leben nachzudenken. Als sie in ihren Alltag zurückkehrte, hatte sie einen Lebensplan, der sie glücklich machen würde. Ihre erste Aktion war, im angesehenen VIP-Golfclub einen alten, reichen, alleinstehenden und kinderlosen Gönner zu angeln. Die zweite Aktion war, die Arbeitsstunden auf Minimum zu reduzieren. Die dritte und die letzte Aktion waren, mit dem Gönner regelmäßig luxuriös zu verreisen und die Welt der „Reichen und Schönen“ neu zu entdecken.

Die ambitionierte Frau, die maximale Erwartungen hegt.

10. Die ambitionierte Frau.

Ihre größte Stärke ist ihr Schauspieltalent. Nach dem mäßigen Schulerfolg ging sie an die Theaterschule und studierte Film und Artistik. Mit vielen Frauen aus der Leinwand konnte sie sich sofort identifizieren. Ihre Stimme klang ausdrucksvoll. Der Kleidungsstil und Make-up waren auffällig. Viele gierigen Männerblicke glitten auf ihrer Birnenkörperform. Das genoss sie in vollen Zügen. Man muss sie entweder vergöttern oder hassen. Oft fühlte sie sich attraktiv. Aber das war nicht immer so. Als sie mit dem Studium an der Theaterschule fertig war und keine feste Anstellung fand, musste sie wieder zurück ins Elternhaus und sich finanziell helfen lassen. Ihr Vater war ein Rentner und gleichzeitig bereits der Großvater zweier Enkelkinder aus der ersten Ehe. Ihre Mutter hatte im Bau gearbeitet und erhielt als Frührentnerin eine minimale Rente. Hin und wieder schmierte sie Brote und verkaufte diese in der Schule während der Pause als Zuverdienst. Arbeitslos, „am Tropf" der Eltern, brachte sie ihren Freund mit. Er war ein „Junkie". Sie versuchte ihn von

Drogen abzubringen. Das klappte nicht. Als sie von ihm ungewollt schwanger geworden ist, hat sie abgetrieben, weil sie Angst hatte, das Kind wäre ebenfalls drogenabhängig. Die Mutter hat den Junkie heraus-geschmissen, denn sie war mit dem Thema „Sucht“ bereits selbst vertraut. Ihr Mann war ein Alkoholiker. Der Familienvater trank seitdem er seine erste Frau, die Jugendliebe, und seine zwei Kinder verlassen hatte. Mit dem beruflichen Wachstum stieg ihm sein Erfolg in den Kopf. Zunächst ging er mit seinen Kumpels feiern, darauf folgten die Affären mit Frauen. Die erste Frau hatte seine Seitensprünge toleriert. Als ihre erstgeborene Tochter heiratete, trennte sie sich von ihm. Nach der Scheidung war er nicht lange allein. Auf dem Werksgelände lernte er laute fröhliche Frau kennen, die dann seine zweite Frau und die Mutter seiner dritten Tochter wurde. Seine Sucht hat ihn bis zu seinem Tod begleitet. Er wurde auf der Straße von Jugendlichen überfallen, bekam darauf die Lungenentzündung und starb kurz darauf. Die Trennung von dem Junkie und die Abtreibung haben bei der misslungenen Schauspielerin etwas bewirkt. Plötzlich wünschte sie sich eine neue andere Lebensphase. Per Zufall traf sie im Internet auf einer Social Media Plattform einen ehemaligen zwei

Jahre älteren Nachbar, in den sie als junges Schulmädchen heimlich verliebt war. Gekonnt kontaktierte sie ihn. Er lebte im Ausland und war gerade selbst von seiner Ex-Freundin mit dem Baby auf dem Arm verlassen worden. Nach dem Wiedersehen kamen die alten Gefühle wieder hoch und sie wanderte für ihn aus. Nach einer baldigen Hochzeit bekamen sie die gemeinsame Tochter. Die ersten Ehejahre vergingen glücklich und sie blühte auf. Nachdem das Kind in den Kindergarten ging, besuchte die junge Frau die Sprachschule. Dann fing sie eine Ausbildung als Erzieherin an und merkte, dass sie mehr wünscht. Durch die Fitnesskurse finanzierte sie sich das Hochschulstudium. Die neue Unabhängigkeit entfernte sie mehr und mehr von ihrem Mann. Der Gatte fing an zu trinken, verlor zwischenzeitig seinen Führerschein. Sie kutschierte ihn mehrere Monate zur Arbeit und zurück. Als sie genug angespart hat, verließ sie ihren Mann wegen eines 10 Jahre älteren Zahnarzt, der für sie wiederum seine Frau verlassen hat. Ihre Meinung nach, hat er genau das Niveau, was sie schon immer gesucht hatte und was sie wert ist.

Die lebenslustige Frau, die leidenschaftlich lebt und liebt.

11. Die lebenslustige Frau.

Eine fröhliche Natur war sie seit ihrer Jugend. Ihr lautes Lachen konnte man nicht überhören. Sie trug stets Kleider und ging zum Tanzen. In einer Bauernfamilie ist sie glücklich aufgewachsen. Als älteste Tochter hatte sie die Verantwortung für die jüngere Schwester und den jüngsten Bruder. Das Haarflechten, die Hausaufgaben prüfen, zum Dorfkindergarten bringen und abholen gehörten zu ihren täglichen Pflichten neben der Schule. Gleichzeitig genoss sie viele Freiheiten. Sie ließ ihre kleinen Geschwister warten und ratschte stundenlang nachmittags mit ihrer Freundin über den süßen Nachbarsjungen oder über den neuen Lippenstift aus der Zeitschrift. In der Schule war sie eine mittelmäßige Schülerin. Sie wollte einen Stadtjungen heiraten, um nie wieder am Bauernhof ihrer Eltern helfen zu müssen. Nach der mittleren Reife bestanden ihre Eltern auf einer Ausbildung. Sie ging in ein großes Werk und machte die Ausbildung in der Buchhaltung. Vermutlich bliebe sie ihr Leben lang die Nebenbuchbuchhalterin, wenn ein paar Zufälle nicht dazwischen kämen. Der erste Zufall war, dass zwei Frauen aus der Abteilung gleichzeitig schwanger wurden und die Elternzeit genommen haben. Eine andere Kollegin wurde langzeiterkrankt, sodass sie die Aufgaben von den dreien Mitarbeiterinnen übernehmen musste. Außerdem wurde ein neues Software-Programm eingeführt und sie musste dieses Projekt abschließen. Im Sommer nahm sie keinen Urlaub und hat bei der Auszahlung der Urlaubsgelder sowie die Verteilung der Werkskurrotkarten ausgeholfen. Der zweite Zufall war, als der junge hübsche, aufstrebende Ingenieur zur Abholung der Kurortskarte kam und sie am Folgetag zum Tanzabend einlud. Sie verliebte sich Hals über Kopf in ihn. Nach dem dritten Date verlor sie ihre Jungfräulichkeit. Das Hochzeitsbild der beiden Täubchen war sehr angenehm anzusehen, zwei junge verlegene Verliebte, die sich erwartungsvoll ansahen. Sie gebar ihm 2 Töchter, die erste gewollt, die zweite ungeplant. Der dritte Zufall war, als die Abteilung der internen Revision einen Personalengpass hatte und ein dringendes Audit in einer ausländischen Niederlassung durchführen musste. Die Chefin hat sie als eine erfahrene kompetente Buchhalterin empfohlen. So reiste sie für drei Wochen über Silvester in das ferne Land und ließ ihre Töchter und ihren Mann allein. Angekommen im fernen Flughafen wurde sie von einem Geschäftsführerfahrer abgeholt. Der heitere Mann erzählte den ganzen langen Weg die platten Witze und starrte sie ununterbrochen an. Sie gefiel ihm offensichtlich sehr. Dieses Begehren eines Mannes hat sie schon lange nicht gespürt, denn nach ihrer zweiten Schwangerschaft hat sie 20 Kilogramm zugenommen und hatte immer noch einen großen Bauch. Ihr eigener Mann mochte sie so moppelig nicht und ihr täglicher häuslicher Austausch begrenzte sich auf die Belange der beiden Töchter und die Arbeitsthemen. Der Fahrer kam jeden Tag in das winzige Prüfungszimmer und zeigte ihr abends die Umgebung. Die Silvesternacht haben sie gemeinsam gefeiert. Als er sie am Ende der Dienstreise zum Flughafen fuhr, liefen die bitteren Tränen über ihr Gesicht. Zu Hause angekommen bekam sie von ihm Liebesbriefe, einen pro Monat. Mehrmals las sie die Briefe langsam durch und versteckte sie dann unter ihrem großen Bettkissen. Eines Tages fand ihr Mann die Briefe. Es gab ein lautes empörtes Geschrei. Er fing an zu trinken und wartete mit der Scheidung bis die älteste Tochter heiratet.

Die eheliebende Frau, die hemmungslos sich auf Partner einlässt.

12. Die eheliebende Frau.

Ihren dritten Mann mochte sie am meisten. Wenn sie ihr Leben nochmal Leben würde, würde sie das vierte Mal Heiraten auslassen. Ihr erster Mann war ihre Jugendliebe, ihr zweiter ein Dozent und Bücherwurm, ihr dritter war ein Bauer und der vierte ein Seemann. Danach hatte sie keine Lust mehr zu heiraten und blieb bewusst alleine. Mit einem Seufzer sagte sie als eine alte Frau, die Männer, die ihr gefallen, gefallen ihr nicht und die, die sie begehrt, schauen sie nicht mehr an. Nach ihrer ersten Scheidung blieb sie ohne Mittel mit zwei Kindern. Ihr ältestes Kind war aus dem Haus, aber jüngstes Kind fing gerade an, an der Fachhochschule zu studieren. Dringend brauchte sie finanzielle Unterstützung. Ihren zweiten Mann traf sie in einer Trambahn auf dem Weg zur Arbeit. Er war ein sehr schmaler Mann mit rotem blassen Haar und mit dem Gesicht, übersät mit Tausend Sommersprossen. Auf dem Arbeitsweg las er ein dickes Buch und hatte noch ein Dutzend in seiner geflochtenen Tasche dabei. Die Titel waren Querbett: von der Philosophie, über die

Biologie, bis zur Chemie. Als Sachbearbeiterin mochte sie studierte Männer und hielt sich selbst für ungebildet. Manche Worte sprach sie falsch aus, das schien die Männer nicht zu stören. Sie fanden es meistens süß, zumindest anfangs der Beziehung. Entschlossen setzte sie sich zu ihm und lies ihren Wohnungsschlüssel auf sein Buch fallen. Er erschrak sich und hob seine blauen Augen auf sie. Stotternd gab er ihr den Schlüssel zurück und schaute nochmal kurz verlegen zu ihr. Danach vertiefte er sich in sein Buch wieder und schwieg die ganze Fahrt lang. An der gleichen Haltestelle wie sie stieg er aus und folgte ihr bis zum Werkstor. Sie drehte sich plötzlich um und gab ihm ihre Telefonnummer auf einem kleinen Zettel. Er nahm es hastig, bedankte sich und legte ihn vorsichtig in seine Hosentasche. Am nächsten Morgen fuhr er um die gleiche Zeit mit der Trambahn. Sie auch. Er begrüßte sie kurz und sagte, dass sein Festnetz kaputt sei, deshalb konnte er nicht anrufen. Von den Mobiltelefonen hielt er nichts. Ihr ist aufgefallen, dass er diesmal einen Hut trug und sein Hemd gebügelt war. Zwei Wochen lang ging es so, bis sie ihn zum Abendessen am Samstag einlud. Nach dem köstlichen Mahl zog er bei ihr ein. Später verkaufte er seine Wohnung und gab ihr das Geld für ihr

Kind als Studiumshilfe. Außerdem heiratete er sie. Ihre gemeinsame Zeit sah so aus, dass er auf dem Sofa im Wohnzimmer in einem ärmellosen Unterhemd las und sie in der Küche kochte. Dann aßen sie zusammen im Schweigen oder sie erzählte etwas von ihrem Arbeitstag und er tat höflich so, als ob er zuhörte und lächelte freundlich. Sie stritten nie und sie empfand ihre zweite Ehe als ein völliges Gegenteil zur ersten. Manchmal war ihr langweilig, aber meistens war sie einfach nur entspannt. Es störte sie nicht im Geringsten, dass alle Bücherschränke voll waren. Die Bücher stapelten sich mittlerweile auf dem Boden in allen drei Zimmern. Sie nahm es gelassen, als den Preis für die Ruhe und die Stabilität. Diesen ruhigen Seelenfriedenzustand genoss sie bis zum Tag, als er plötzlich im Wohnzimmer beim Lesen umgefallen ist. Der Krankenwagen kam zu spät. Ihr sommersprossiger Ehemann war durch einen Hirnschlag sofort tot. Nach zwei Jahren Witwenzeit, hat sie endlich eingewilligt, durch die Kollegin mit einem Bekannten verkuppelt zu werden. Das war die beste Entscheidung ihres Lebens.

ANNA LUDWIG

Anna Ludwig ist Wirtschaftswissenschaftlerin. Sie wurde als Einzelkind der Akademiker in der Ukraine geboren. Anstelle von Spielzeug hatte sie Bücher. Sie wurde mit den literarischen Werken sowjetischer sowie internationaler Autoren aufgezogen. Mit 18 Jahren wurde sie mit einem österreichischen und mit 19 Jahren mit einem deutschen Stipendium ausgezeichnet. Nach ihrem Abschluss in München hat sie sich in Bayern niedergelassen. Die internationalen Dienstreisen bereichern ihr Leben. Viele spannende Persönlichkeiten trifft sie auf ihrem Lebensweg und möchte die Erfahrungen in ihren Kurzgeschichten mit der Welt teilen.